LA DIANEÏDE,

Poëme

EN QUATRE CHANTS.

LA DIANEÏDE,

Poëme

EN QUATRE CHANTS,

AVEC NOTES;

par G.-P. C.te Le Noble,

ANCIEN CAPITAINE,

MEMBRE CORRESPONDANT DE LA SOCIÉTÉ D'ÉMULATION DE CAMBRAY
ET DE LA SOCIÉTÉ LINÉENNE DE BORDEAUX.

Qui que tu sois voilà ton maître ;
Il l'est, le fut, ou le doit être.
VOLT.

PAU,

DE L'IMPRIMERIE DE VIGNANCOUR, IMPRIMEUR DU ROI.

M. DCCC. XXVIII.

Épitre Dédicatoire.

Aux Vers Rongeurs.

L<small>E</small> ciron, l'éléphant, les soucis et les roses,
La chenille hideuse et l'insecte léger,
Tout s'éteint, se détruit ou se métamorphose;
La mort, frappant la vie, est l'ordre de changer.
Mais vous, vils destructeurs des œuvres du génie,
Non contens de ronger nos restes inhumés,
Vous détruisez encor les fruits inanimés
Que n'avait pu flétrir la dévorante envie!

S<small>EMBLABLES</small> aux tyrans, effroi de la nature,
Au présent qui s'enfuit défendant l'avenir,
Souvent vous tarissez la source vive et pure
Et du torrent fougueux laissez les flots courir.
Envain à vos désirs le Velin romantique
Du Socrate captif livre les lourds feuillets;
Votre fureur l'épargne!... et nos justes regrets
Vous demandent des Grecs la dépouille classique.

Sᴀɴs espoir de revivre en ma Muse timide ;
Je ris de votre rage et crains peu votre oubli.
Étincelle, je puis me perdre dans le vuide,
Quand des flambeaux divins les clartés ont pâli.
Un sourire échappé d'une bouche adorée ;
Vivant, me dédommage et des sots et des vers ;
Insensible aux frayeurs de ma Muse éplorée,
C'est de mon seul mépris qu'ils recevront ces vers.

LA DIANEÏDE,

Poëme Érotique en Quatre Chants.

CHANT PREMIER.

Argument du Chant Premier.

Conseils prudens. · Exposition. · Cruautés de Diane. — Mars
disculpé d'un crime. — Diane, seule cause de la mort d'Adonis.
— Vénus se venge de Diane. — Etonnement de Diane. — Discours
à ses Nymphes. — Harangue de Lycoris à ses compagnes. — Diane
approuve l'orateur. — Changement subit opéré dans tous les cœurs.
— Invocation au plaisir.

Innocentes beautés, que le Dieu du mystère, (1)
De ses douces faveurs couvre la plus légère;
Pourtant, gardez-vous bien, au printemps de vos jours,
D'oser jamais braver la mère des Amours!

Quelque censeur chagrin, poussé par la discorde,
M'intentera procès pour ce petit exorde ;
Mais que peuvent ses cris et ma moralité, (2)
Contre un Dieu tout puissant, contre la vérité !
Innocentes beautés, ce ne sont point chimères,
Il faut, il faut aimer comme ont aimé vos mères !
Pour vous le prouver mieux dans mes doctes chan-
    sons, (3)
D'un exemple immortel appuyant mes leçons,
Je vais, discret auteur, mettre dans tout leur lustre,
Les regrets, les combats et la défaite illustre
D'une Divinité qui, par sotte pudeur, (4)
S'écarta du sentier qui conduit au bonheur.

Je chante à demi voix (5) cette chaste Déesse,
Qui séduite long-temps par l'austère sagesse,
De ses sens étonnés intervertit les lois,
Pour suivre et terrasser les habitans des bois.
Ivre de sa victoire, heureuse d'être belle,
Des prudes du vieux temps, insipide modèle,
Diane enfin, croyait que de sa chasteté,
La preuve la plus sûre, était la cruauté.
D'Actéon (6) innocent, la tête infortunée,
D'un bois inattendu par elle couronnée
Pour un regard ploya sous le faix du malheur.
Les hommes et les Dieux se vengent d'une erreur !....
Adonis (7) à son tour en devint la victime,
Et comme lui mourut sans connaître son crime.
Un sanglier cruel lui déchira le flanc ;

La ronce s'abreuva des gouttes de son sang :
De ce forfait, d'abord, l'Olympe assez peu sage,
De Mars, amant jaloux, soupçonna le courage ;
Mercure en voyageant partout le répéta
Et le Poëte avide aussitôt l'adopta.
Plus instruite Cypris voulant venger sa cause,
Du sang de son amant fit éclore la rose; (8)
Puis lançant sur Diane un trait toujours vainqueur,(9)
D'une flamme inconnue elle embrasa son cœur.
O Muse ! redis-moi qu'elle fut sa surprise
Lorsqu'elle le sentit dans cet instant de crise,
S'échauffant tout à coup, palpiter sous sa main ;
Quand son regard si fier devenant plus humain,
Lui peignit son erreur, ses torts et tous ses charmes,
Pour la première fois elle versa des larmes. (10)
Son arc glissa soudain sur le gazon naissant,
Et sa timide voix, avec un doux accent,
Laissa voler ces mots jusques à ses compagnes :
« Hélas ! à parcourir les bois et les campagnes
» Nous occupons sans fruit nos plus heureux momens,
» Sans songer qu'ici bas la beauté n'a qu'un temps;(11)
» Car envain Jupiter vers son trône m'appelle,
» Le bonheur le plus vrai n'est pas d'être immortelle;
» La crainte et l'espérance ont de plus doux plaisirs
» Que le stérile honneur des éternels loisirs.
» Oui, le cœur a besoin de chances différentes,
» Ses voluptés souvent sont les moins apparentes,
» Un état toujours stable affadit, fait languir.....

» Je sens qu'il faut aimer ! » (12) Elle dit : un soupir
Soulève de son sein les formes demi nues,
Et cet hymne à l'Amour s'élève dans les nues.
Lycoris entrouvrant ses lèvres de corail
Laisse voir de ses dents l'éblouissant émail,
Et le doigt du souris s'imprimant sur sa joue :...
« Répondez, ô mes sœurs, quand la vigne se noue
» A l'arbrisseau chéri qui doit la soutenir ;
» Lorsque le faible lierre aime à se retenir
» Contre le chêne altier qu'il embellit encore,
» Et que rendant hommage à la fleur qu'il adore,
  Le Zéphire amoureux la caresse à son tour,
» Pouvez-vous refuser de connaître l'Amour ?
» Seules dans l'Univers, sans plaisir et sans peine
» Nous suivons une erreur trop chère à notre Reine ;
» A tous ses sentimens asservissant nos cœurs,
» Làs ! nous ne connaissons que le titre de sœurs,
» Changeons dès aujourd'hui !.... Que suivant notre
  exemple,
» Diane comme nous porte une offrande au Temple.
» Que dis-je ? aux lieux sacrés elle doit nous guider,
» Puisqu'aux lois de l'Amour elle est prête à céder. »
Ce discours approuvé par un joyeux murmure
Fit germer dans les cœurs le vœu de la nature,
Et Diane elle-même honora l'orateur,
Par l'éloge muet d'un sourire enchanteur.
Aux arbres d'alentour chacun suspend ses armes,
L'espoir et la gaité prodiguent tous leurs charmes,

Et les joyeux Amours sous la forme des ris, (13)
Aux regards indiscrets ferment l'heureux pourpris.
Diane, du carquois déjà débarrassée,
Sent d'un poids importun sa poitrine oppressée;
Vainement elle veut s'y soustraire et le fuir,
Son ame éprouve enfin l'impérieux désir.
Il offre à ses pensers les plus douces chimères!...
Des roses à ses yeux de leurs feuilles légères,
Couvrent les chaînes d'or prêtes à l'enlacer,
Et son cœur ne croit pas avoir pu se glacer.
Amour, divin Amour, voilà de tes prestiges,
Ta seule volonté fait naître des prodiges,
Et l'être le plus froid devient en un moment,
De tes brûlans arrêts le docile instrument.
Mais vous Leucothoé, Lycoris et Glicère,
Vous, les fruits désirés de l'amour d'une mère,
Parlez! Les doux poisons qu'il verse par torrens,
N'ont-ils pas en secret parcouru tous vos sens?
N'avez-vous pas du Dieu pénétré les mystères,
Quand sous les joncs épais, les Nymphes peu sévères
Fuyant sans trop d'efforts les amoureux Sylvains,
Y cachaient leur défaite et cherchaient les larcins?
N'eussiez-vous pas brûlé d'imiter leur silence,
Leurs soupirs, leurs baisers, fils de la jouissance,
Si le triste devoir de tout bonheur jaloux,
N'avait mis une entrave à des vœux aussi doux?
Vous craigniez les regards de la chaste Déesse
Et n'obteniez d'Amour que le trait qui nous blesse.

Maintenant, la terreur fuit de ces lieux charmans,
Vous osez procéder au choix de vos amans, (14)
Et dans vos jeunes cœurs qu'un feu divin inspire,
Vénus à pleines mains a versé le délire.
Ce n'est plus la pudeur qui rougit votre front,
Un feu moins délicat mais plus vif et plus prompt
Donne à vos traits émus l'incarnat de la rose;
Tout concourt au seul but que l'Amour se propose.
Vos yeux jadis brillans sont chargés de langueurs,
Même on voit sans sujet couler vos tendres pleurs;
Vos moindres mouvemens marquent l'impatience,
Et d'un bien qui n'est pas vous jouissez d'avance.
Attente du plaisir, heureux enchantement,
Toi qui fais naître en nous un doux frémissement,
Viens, reviens m'embraser de ta céleste ivresse
Et j'irai soupirer aux rives du Permesse !
Mais que vois-je? mon char d'un moins rapide essor
Parcourre le chemin qui me restait encor, (*)
Et d'un vol entrainant, mes colombes craintives
Ne battent plus les airs de leurs ailes actives.
L'Amour me les réclame et par un doux retour,
Les tenant de lui seul je les rends à l'Amour.

CHANT DEUXIÈME.

Argument du Chant Second.

Songe et réveil de Diane. — Sa prière à Apollon. — Diane réunit
ses compagnes. — Toilette de Diane. — Nouvelle harangue de
Diane. — Les Nymphes cueillent des fleurs et se préparent à porter
leur offrande aux autels de l'Amour. — Diane marche à leur tête
vers le Temple de l'Amour. — Discours de Diane. — Sacrifice
offert à l'Amour.

A peine un demi jour a chassé les ténèbres
Et dépouillé les monts de leurs crêpes funèbres,
Que l'oiseau réjoui de son retour heureux,
Fait retentir au loin ses chants harmonieux.
Diane que berçait un gracieux mensonge,
Voit avec déplaisir s'enfuir un si doux songe,
Et cherche vainement à fixer un sommeil
Mille fois préférable au plus tendre réveil. (1)
Sa main timidement au lit demande encore
Un être qui n'est pas, mais que son cœur adore...

Elle essaye, elle veut, le presser, le saisir,
Mais l'image fait place au vague souvenir. (2)
Son œil s'entrouvre enfin, elle voit la lumière,
Et ses bras supplians se tournant vers son frère,
Elle dit : « Apollon, si jamais pour ta sœur,
» Tu sentis un doux feu s'émaner de ton cœur,
» Daigne écouter ma voix, exauce ma prière ;
» Refuse tes rayons à ma faute première !
» Je sens avec dépit, que peut-être en ce jour
» Je dois sacrifier à l'imprudent Amour ;
» O mon frère, Apollon, pardonne à mon ivresse,
» Ou ne sois pas témoin d'une indigne faiblesse !
» Si le destin le veut, précipite ton cours,
» Porte en d'autres climats tes généreux secours !
» Je confierai mes torts à l'ombre protectrice,
» Que je puis à mes vœux rendre aisément propice ;
» Au moins, pour mon honneur, forcé d'être discret,
» Cupidon n'obtiendra qu'un triomphe incomplet. »
Un rayon projecté de la voûte azurée,
Aussitôt pénétra son ame rassurée.
Lors, trois fois s'inclinant, elle saisit le cor,
Et gonflant les soutiens d'un double et frais trésor,
Elle apprit à l'Echo des bois et des montagnes
Que Diane appelait ses agiles compagnes.
A peine dans les airs l'airain retentissant,
A-t-il porté les sons qu'il pousse en frémissant,
Que des chiens enfermés la troupe valeureuse
Fait éclater au loin sa rage belliqueuse.

La biche, qu'arrêtait la fraîcheur du matin,
Croit entendre les pas du chasseur inhumain;
Et tremblante d'un mal qu'elle croit sans ressource,
Dans l'épaisseur des bois précipite sa course.
Tout s'émeut, tout s'anime, et l'aurore en fuyant
Embellit nos gazons de ses larmes d'argent.
Déjà près de Diane, on accourt, on se presse,
Les Nymphes en riant, contemplent la Déesse
Dont les yeux fatigués, décèlent le poison
Que distile l'Amour pour ravir la raison.
Bientôt, à relever sa blonde chevelure,
Anaïs, dont la main, toujours adroite et sure,
Manie également et l'aiguille et le dard,
S'empresse d'employer les secrets de son art.
Anaïs, dont l'Amour seul connaît la naissance (3),
Et qui brûlait envain d'éprouver sa puissance,
Pour embellir Diane prodigue ses talens
Et semble de ses traits doubler les agrémens.
La Boucle sur son front négligemment se joue,
En replis ondoyans le Repentir se noue.
Et la Tresse tombant sur un tissu léger
Paraît au gré des vents doucement voltiger;
Le Croissant est posé sur sa tête divine,
Sous la pourpre et sous l'or sa taille se dessine,
A ses pieds délicats le Cothurne est chaussé.
Et sur son dos d'albâtre un Carquois est placé.
Se penchant aussitôt vers un ruisseau limpide,
Diane en rougissant y plonge un œil avide,

Sourit à son image, et semble s'avouer
Qu'on peut prendre plaisir à s'entendre louer. (4)
Toute remplie encor du trouble qui la presse,
Aux Nymphes en ces mots, la tremblante Déesse,
Renouvelle un projet partagé par son cœur.
« J'ai pu vous révéler qu'une subite ardeur
» Avait sur tous mes sens remporté la victoire ;
» Qu'un jour avait suffi pour ternir tant de gloire...
» Eh bien ! puisque je dois céder à mes transports,
» Pour ce grand sacrifice unissons nos efforts ;
» Allons aux pieds du Dieu déposer nos offrandes
» Et couronner son front de fleurs et de guirlandes ;
» Partons !.... » Diane a dit, et semblable à l'essaim,
Dont la foule moissonne et la Rose et le Thym,
Chaque Nymphe, en courant, dispute à son amie
Les plus frais ornemens de la verte prairie.
En mobiles anneaux les Œuillets sont tressés ;
Sous les pieds inhumains les Soucis sont froissés ;
Près du tendre Lilas et de la Tubéreuse
On voit tomber le Lys de sa tige orgueilleuse :
Le sol en est jonché ; mais telle est sa blancheur
Que la mort ne peut rien sur sa pâle couleur.
Envain près du buisson, la simple Violette,
Prétend se dérober à la main qui la guette,
Son parfum la décèle, et l'odorat conduit
Aux lieux où sa pudeur cherche un obscur réduit.
L'Anémone séduit par ses couleurs vermeilles
Et s'unit à ses sœurs pour remplir les corbeilles.

Amour! on ne va point te porter en présens
Ni la myrrhe, ni l'or, (5) préférant à l'encens,
Des soupirs, quelques pleurs, une brûlante flamme,
Un innocent désir, mais plus encore une ame.
A leur tête pourtant la jeune Déité
Fait aux regards surpris briller sa majesté ;
Les souples mouvemens de sa taille élancée,
Comme un roseau léger mollement balancée,
Ses gestes, son maintien et le feu de ses yeux,
Annoncent aux mortels la merveille des Cieux.
On aperçoit enfin le divin sanctuaire
Où l'Amour réunit les sujets de sa mère,
Les cœurs en sont troublés ! Ce séduisant aspect
Y verse avec l'espoir la crainte et le respect ;
Et des vents du Midi les brûlantes haleines
Font refluer le vent échauffé dans les veines. (6)
La Déesse s'arrête et prenant son carquois,
Dit d'une voix tremblante : « O Nymphes de ces bois,
» Vous de tous mes plaisirs les compagnes fidèles,
» De la tendre amitié vous les parfaits modèles ;
» Si le destin sévère ordonne qu'en ce jour
» Notre ame long-temps libre éprouve enfin l'Amour,
» Si lui seul désormais doit nous offrir des charmes,
» Pourquoi donc nous charger de ces futiles armes ?
» Loin de pouvoir parer ses invisibles coups,
» Elles irriteraient ce Dieu dont le courroux
» Brave même les traits du foudroyant tonnerre.
» Brisons, brisons nos dards !... » Ils sont jetés à terre,

Et les Nymphes jurant de n'y jamais toucher,
Des débris de leurs arcs élèvent un bucher;
Bientôt le feu pétille et la flamme dévore
Ce sacrifice offert au Dieu que l'on adore.
Mais minuit a sonné.... Pour un travail plus doux
Je jette le crayon et vole au rendez-vous.

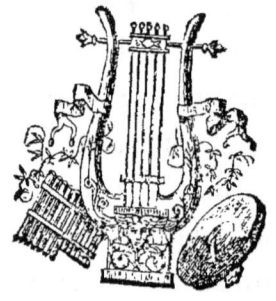

CHANT TROISIÈME.

Argument du Chant Troisième.

Peinture du Temple de l'Amour. — Diane et ses Nymphes sont sur-
prises par un sommeil magique. — Invocation de l'Auteur. —
Agitation de Diane durant son sommeil. — En dormant elle invo-
que l'Amour. — Serment par les eaux du Styx. — Etonnement
de Diane et de ses Nymphes. — Réflexions d'Eglé — Apparition
de l'Amour et de son cortège. — Harangue de l'Amour. — Diane,
les Nymphes et l'Auteur.

A travers l'épaisseur d'une forêt antique,
Modestement s'élève un élégant portique,
Que des rameaux touffus dérobent tour à tour,
A la fraîcheur des nuits, à la chaleur du jour.
Des berceaux protecteurs entourent l'édifice;
C'est là que la beauté présente en sacrifice,
Cette céleste fleur que l'on ne peut cueillir, (1)
Si la main de l'Amour ne vient l'épanouir.
Ici, le Coudrier, le Myrthe tutélaire,
Offrent à deux amans leur ombre et le mystère;

2

La mousse, le gazon, transformés en coussins,
Deviennent les témoins des plus tendres larcins,
Et jamais on ne vit d'immobiles statues (2)
De ces lieux enchantés orner les avenues.
Des plaisirs de l'Amour aimables truchemens,
On entend des baisers les doux susurremens, (3)
Ou la vierge aux abois, d'une voix languissante,
Jettant le dernier cri de la pudeur mourante.
L'Echo reporte au loin, par des sons prolongés,
Ces signes indiscrets des Plaisirs partagés,
Le Zéphir, un instant, dans l'Ether le balance,
Et près de Flore accourt en faire confidence;
Leur mutuelle ardeur prend un nouvel essor,
Sur les prés émaillés ils s'unissent encor,
Leur souffle se répand; et soudain ranimée,
Du fruit de leurs amours la terre est embaumée.
En contemplant ces lieux et leurs tableaux divins,
Diane met un terme à ses pas incertains;
Le délire enivrant pénètre dans son âme;
Son corps est dévoré d'une brûlante flamme,
Et si sa faible voix prononce quelques sons,
Elle appelle l'Amour et rêve à ses leçons.
Sur de frêles appuis ses Nymphes sont penchées
Ou sur un lit de fleurs nonchalament couchées
Soupirent...... Ces bosquets dans leurs sens agités
Distillent le nectar des pures voluptés.
Bientôt cédant au Dieu qui les guide et les presse,
Elles suivent les lois d'une douce molesse,

Léurs membres moins actifs fléchissent tour à tour,
Le sommeil les surprend et les livre à l'Amour.

Confidente et soutien de mes erreurs chéries,
O toi, qui m'inspiras de si tendres folies,
Muse, donne à mes chants cet heureux abandon,
Qu'un astre injuste et dur refuse à Campenon ! (4)
Prête-moi les pinceaux de l'élégant Tibulle,
Les crayons délicats d'Ovide ou de Catulle;
Dis-moi comment Delille harmonisait (5) un vers ?
Quel talisman portait le chantre de Nevers ?
Et comment de nos jours, par un talent insigne,
A peine à son été l'étonnant Delavigne,
Emule de Racine et Molière nouveau,
Vivant, s'assied au Pinde à côté de Rousseau ? (6)
Alors je décrirai ces aimables mensonges,
Enfans voluptueux dûs à l'erreur des songes,
Dont l'Amour se servit pour abattre un orgueil,
Qui jadis avait mis tous les Amours en deuil.
Je dirai..... Mais déjà la Déesse altérée
Des plaisirs que promet le fils de Cythérée,
Par des bonds inégaux et toujours renaissans,
Livre et voile aux regards ces deux globes mouvans,
Source de nos plaisirs et principes de vie.
Dans une douce extase elle paraît ravie ,....
Puis s'agite, s'émeut, soupire, ouvre les bras
Comme pour savourer un plaisir qui n'est pas.
Tantôt semblant jouir d'une trompeuse image,

Un tendre vermillon colore son visage;
Sa lèvre palpitante appelle le baiser,
Et ses ardents soupirs disent qu'on peut oser.
Tantôt elle pâlit et sa mourante haleine
Pousse plus lentement le sang de veine en veine;
Son corps presqu'immobile annonce que son cœur
Sent succéder le calme aux élans du bonheur.
Tout à coup supposant dans son délire extrême
Reconnaître la voix, la voix du Dieu lui-même,
Elle s'écrie : « Amour, Dieu charmant, Dieu vainqueur,
» Pardonne-moi des torts enfantés par l'erreur !....
» Je suis prête à subir ce que ta loi m'impose,
» Des plus tristes forfaits ma froideur fut la cause.
» Rebelle à tes desseins, hélas! j'ai trop long-temps
» Arrêté mes désirs, mis un frein à mes sens,
» Je suis coupable, Amour; écoute ma prière
» Et porte mes regrets jusqu'aux pieds de ta mère,
» Dis-lui : qu'une Déesse, une amie, une sœur,
» Lui demande un pardon scellé par le bonheur.
» Pour me concilier sa douce bienveillance,
» Déjà je me confie à sa toute puissance.
» Oui je veux !!! par le Styx, je t'en fais le serment,(7)
» Recevoir d'elle seule, un époux, un amant. »
Elle s'éveille alors, et semblable à la terre
Que couvre le matin une vapeur légère,
Son esprit par degrés voit s'éclipser et fuir
Le nuage incertain qui cherche à l'obscurcir.
En vain elle s'étonne et refuse de croire

Des faits qu'avec plaisir caresse sa mémoire,
La vérité la presse, une aimable rougeur
Prouve du souvenir la force et la douceur.
Près d'elle cependant les Nymphes éveillées
S'étonnent de sentir leurs paupières mouillées ;
Même feu les anime et trouble leur esprit.
» Quoi, toutes à la fois le doux sommeil nous fuit !
» Toutes ensemble aussi, par un effet magique,
» De Morphée éprouvant le pouvoir tyrannique,
» Même songe poursuit et maîtrise nos cœurs !
» Toutes en même temps nous goûtions les douceurs
» D'un plaisir que pourtant nous ignorons encore,
» Et dont le souvenir nous charme et nous dévore,
» D'un plaisir qui déjà brille dans nos regards
» Et dont toutes, hélas ! maudissons les retards ! »
Ainsi parlait Eglé, quand une épaisse nue
Vint comprimer sa voix en attachant sa vue.
Tous les yeux sont tournés vers cet objet nouveau,
Qui bientôt faisant place au plus charmant tableau,
Présente à découvert l'Amour et tous ses charmes ;
L'Amour prêt à frapper, revêtu de ses armes !
Le Désir le regarde et d'un souris malin
Médite en sa faveur quelque nouveau larcin ;
La Volupté les suit, compagne dangereuse,
Elle voile avec art cette rose épineuse
Qu'un instant fait éclore et souvent voit flétrir,
Sa main tient une coupe, Amour vient s'en saisir.....
Et l'offrant à Diane, il s'écrie : « O Déesse,

» Vous que trompa long-temps l'insensible sagesse;
» Vous que Vénus admire et voit d'un œil jaloux;
» Enivrez tous vos sens du nectar le plus doux !
» Ce breuvage sorti d'une main immortelle,
» Par l'arrêt du Destin fut fait pour la plus belle;
» Le terme est arrivé, nous reconnaissons tous
» Que l'immuable Dieu le réservait pour vous.
» Je connais vos frayeurs, je sais qu'elle prière
» Votre pudeur a fait au Dieu de la lumière.
» Déesse calmez-vous, comptez sur mes secours,
» J'embellis mon empire en servant vos amours. » (8)
Il part...... Déjà Diane humble et reconnaissante,
Voudrait changer ses droits contre le nom d'amante.
Chaque Nymphe l'imite, et moi chétif Auteur,
En les chantant, j'éprouve une plus vive ardeur.

CHANT QUATRIÈME.

Argument du Chant Quatrième.

Le soir. — Diane, sous le nom de Phœbé, remonte son char argenté.
— Son voyage. — Tableaux voluptueux. — Hommages rejetés. —
Elle arrive en Carie. — Elle aperçoit Endymion. — Sa résistance
s'évanouit. — Elle succombe. — Conclusion.

Libre du joug brûlant qui comprimait ses ailes,
Zéphir a caressé ses conquêtes nouvelles;
La rose du matin qu'il ne croyait plus voir,
Retrouve ses couleurs pour vivre encore un soir,
Et l'œuillet sans vigueur, sur sa tête penchée,
Relève à son aspect sa tête panachée.
Diane, de ces fleurs, éprouve aussi le sort,
Tant la nature est grande et met tout en rapport....
Ses yeux impatiens, qu'un nouveau jour éclaire,
Suivent les derniers feux des regards de son frère,
Comme pour l'inviter à terminer son cours;
Phœbus l'entend, s'éclipse et vole à ses amours.

Tout est sourd ou se tait, la tendre Philomelle,
Seule éveille l'écho par sa plainte éternelle,
Et si quelqu'autre bruit retentit dans les airs,
C'est du Pâtre amoureux les rustiques concerts.
Toutefois la Déesse abandonnant Cythère,
Rejoint en soupirant ce globe de lumière
Qui lui fut confié par l'arrêt du Destin,
Et déjà ses coursiers frémissent sous sa main.
Mais vainement des nuits l'inégale courrière,
Parcourt en déité sa brillante carrière;
L'Amour, l'Amour la suit, et son rapide char
Est pour parer ses traits un fragile rempart.
Excités par le Dieu qui la poursuit sans cesse,
Ses agiles coursiers redoublent de vitesse,
De leurs flancs écumeux la fumante chaleur,
Dans le vague des airs se répand en vapeur.
Déjà fuit sous ses pieds cette terre flottante (1)
Que fixa Jupiter en faveur d'une amante,
Où Diane elle-même, enfant d'un noble amour,
Ouvrit ses faibles yeux aux doux rayons du jour.
Naxos, (2) où d'un trompeur généreuse victime,
Ariane pleura sa flamme illégitime;
Naxos, où cette belle, heureuse en pis aller,
Disposée à mourir se laissa consoler.
Amathonte, (3) où l'Amour offre un culte à sa mère,
Paphos, (4) Idalion, (5) émules de Cythère,
S'éclipsant tour à tour, présentent à ses yeux,
Des tableaux animés, tendres, voluptueux.

Mille groupe d'amans qu'assemble la folie,
Que le plaisir sépare et que l'Amour rallie,
Se poursuivent, hélas! s'égarent quelquefois,
En demandant asile à l'épaisseur des bois.
Par un chant langoureux, signal de sa tendresse,
Ici le jeune amant appelle sa maîtresse;
Cet autre plus heureux, tout fier d'une faveur,
Célèbre avec transport sa gloire et son bonheur.
Nonchalament couché près de ce qu'il adore,
Là, sur le chalumeau, sur la lyre sonore,
Par un doux intermède excitant ses désirs,
Le Poëte prélude à de nouveaux plaisirs;
Ou sa voix s'unissant aux sons de sa compagne,
Il l'admire, lui plait, la chante et l'accompagne.
L'œil humide, Phœbé, les fixe tour à tour;
Ses rayons plus brillans imitant ceux du jour,
Percent en indiscrets l'asile du mystère.
Ils découvrent par tout, sur cette heureuse terre,
L'image d'un bonheur, dont peut-être les Dieux
N'ont pu sans injustice apanager les Cieux.
De ces scènes d'amour, l'âme émue, attendrie,
Elle entrevoit les champs de la riche Ionie; (6)
Déjà même elle épand une douce clarté
Sur ce Temple fameux, où pour sa chasteté,
Vingt peuples différens viennent lui rendre hommage,
Tant il est mal aisé de rester fille et sage.
Ephèse, (7) Ephèse enfin présente à ses regards
Un peuple adorateur désertant ses remparts

Et portant à ses pieds, dans son idolâtrie,
Les tributs d'un respect que l'erreur lui dédie.
Ces guirlandes, ces fleurs, ces parfums précieux,
N'étant plus mérités, sont sans prix à ses yeux ;
Son orgueil gémissant lui découvre d'avance
L'inévitable écueil dont sa pudeur s'offense ;
Elle rougit, repousse un encens imposteur,
Et d'un sombre nuage implore l'épaisseur.
Mais pour se dérober au peuple qui l'admire,
Elle n'en est pas moins en proie à son délire ;
Ses yeux impatiens cherchent sans le vouloir
Une cause inconnue et de trouble et d'espoir.......
Enfin en abordant les bois de la Carie, (8)
Elle rend aux mortels sa lumière chérie ;
Ses rayons argentés colorent les ruisseaux
Ou portent son image au plus profond des eaux,
Ou des arbres touffus perçant la voûte sombre,
Semblent doubler encor l'épaisseur de leur ombre.
C'est là que l'attendait ce Dieu qu'on ne peut fuir,
Et c'est là que sa bouche exhalant un soupir
A l'aspect d'un Berger tel que l'Amour lui-même,
Pour la première fois prononça le mot j'aime !...

Il dormait ! Son sommeil l'embellissait encor ;
Sur son sein demi nu sa main tenait un cor.
Il dormait ! Cependant sur sa bouche riante,
La Volupté versait sa chaleur enivrante.
De ses traits colorés le tendre vermillon
Inspirait des désirs l'invincible poison.

Ce duvet délicat de l'homme à son aurore,
Ces deux arcs de corail que la perle décore,
Ces épaules, ces bras par l'Amour arrondis,
Tout en lui de Vénus eut annoncé le fils.
Sa peau pour la blancheur eût fait honte à l'albâtre...
De tant d'attraits nouveaux, la Déesse idolâtre,
Tremblante de désir, de crainte et de pudeur,
Dans son trouble ose à peine approcher son vainqueur.
Cet orgueilleux honneur d'être vierge immortelle;
Ce cœur jadis si fier d'une vertu cruelle;
Ce courage indompté qui bravait le danger
Ne peuvent affronter le réveil d'un Berger.
Vers lui timidement, dans un profond silence,
D'un pied mal assuré, pourtant elle s'avance;
Le seul bruit d'un rameau qu'elle effleure en marchant
De son sein agité presse le mouvement.
Elle hésite; elle attend; puis admire et s'arrête....
Son cœur, tel qu'un vaisseau battu par la tempête,
En mille sens divers se sentant entraîner
Abandonne au hasard le droit de gouverner.
Elle laisse échapper sous ses longues paupières
Deux abondans ruisseaux de pleurs involontaires,
Et ses genoux ployés ne peuvent soutenir
Ce beau corps altéré du besoin de jouir.
Un doux frémissement glisse de veine en veine;
Elle brûle..... Bientôt, sans poulx et sans haleine,
Elle tombe!... O prodige! heureux enchantement!
Sa pudeur disparaît dans les bras d'un amant.

Délicieux tableau que je n'ose décrire!
Soupirs, tendres baisers, voluptueux délire!
Ivresse d'un bonheur fait pour être éternel,
Mon cœur en vous rêvant cesse d'être mortel.
Endymion, (9) ô toi que célèbre ma lyre,
Toi dont le sort divin et m'anime et m'inspire,
Rends-moi le confident de ta félicité!
Dis-moi ce que ton cœur, par l'Amour agité,
Ressentit quand Diane, en t'offrant ses prémices,
S'abreuva comme toi d'un torrent de délices!
Oh! non, de ton bonheur je serais trop jaloux,
Ma Muse en retraçant des plaisirs aussi doux
Quitterait le crayon pour essuyer mes larmes;
Que dis-je, de l'Amour goûte en paix tous les charmes;
Jouis si tu le peux de nouvelles faveurs;
De l'immortalité savoure les douceurs!...
Bien plus heureux que toi, les faveurs d'Amélie
M'offrent l'éternité dans cette courte vie. (10)

NOTES

SUR LA DIANEÏDE.

Notes du Chant Premier.

(1) Le début de notre Auteur prouve qu'il est l'ennemi du scandale qui, comme le disent nos casuistes, est pire que le péché. Au reste ce Dieu du Mystère, inconnu aux anciens, n'a aucun rapport avec leurs fameux mystères. Celui-ci est au contraire fils de la décence et du plaisir.

(2) La moralité de l'Auteur serait d'accord avec les censeurs qu'il redoute. Il vaudrait mieux dire sans doute qu'il est facile de repousser les atteintes de l'Amour ; mais l'auguste vérité s'y oppose et prouve que les lois de la nature l'emportent presque toujours sur les plus sages résolutions.

(3) Notre Auteur en prouvant par un exemple fameux la nécessité d'aimer ne laisse pas échapper néanmoins l'occasion de dire, qu'il est utile et honorable au beau sexe, de ne céder qu'après avoir long-temps combattu.

(4) La pudeur de Diane n'est sotte qu'en ce sens, que comme Déesse elle devait savoir par expérience qu'une telle vertu est un ridicule à la cour.

(5) S'il s'agissait du triomphe de la vertu, notre moral Auteur emboucherait la trompette pour le célébrer ; mais ici devant peindre la défaite d'une prude du premier ordre,

il parle à demi voix, comme pour atténuer ce que sa chute éclatante pourrait offrir de scandaleux.

(6) Tout le monde sait qu'Actéon petit-fils de Cadmus, élève du centaure Chiron, était un grand chasseur, lequel ayant surpris notre Déesse au bain, fut changé par elle en cerf et déchiré par ses propres chiens. Cette manière doucereuse de punir une innocente indiscrétion, tenait sans doute à la barbarie de ces temps reculés. On sait que de nos jours, plus civilisés, ceux que les dames couvrent d'un semblable panache, n'ont pas à redouter les morsures de chiens! Sans cela quels vacarmes!!

(7) Adonis, fruit des amours incestueux de Cinyre et de Myrra, amant de Vénus, fut tué à la chasse par un sanglier que Diane suscita contre lui. Car il ne faut pas qu'on ignore que, jalouse de Vénus, cette Diane si sévère sur la terre, en sa qualité de triple Hécate, n'était pas aussi Diablesse aux enfers; c'est pourquoi par un accord mutuel et acte passé devant le tribunal dudit lieu, cette Déesse, sous le nom de Proserpine, céda Adonis à Vénus durant six mois de l'année. Celle-ci qui n'aimait pas trop le partage le garda au-delà du temps prescrit. Grand tapage entre ces dames; nouveau procès. Finalement, Jupiter fut forcé de s'en mêler. Il permit à ce beau garçon de faire quatre mois de service près de Vénus, autant chez Proserpine, lui laissant les quatre autres mois à l'effet de se reposer de ses veilles. L'histoire ne dit pas où il passait ses vacances, ni comment il employait ses loisirs; peut-être qu'exténué de fatigue et ne faisant que végéter, est-ce pour cela qu'on l'a supposé métamorphosé en anémone durant ce laps de temps?

(8) Nous devons donc au sang d'Adonis la plus belle et la plus suave de toutes les fleurs, celle qui présente à nos

yeux enchantés la séduisante image d'une jolie femme ; on dirait même que son parfum se ressentant de son origine, porte dans les sens émus toute l'ivresse de l'amour.

(9) La vengeance étant à la fois le plaisir des femmes et des Dieux, il n'est pas étonnant que Vénus se soit vengée de Diane, bien que d'accord avec elle comme Proserpine. D'un autre côté, un calcul bien simple s'offrait à la Déesse amoureuse ; c'est qu'il eut été très-possible qu'après avoir possédé quatre mois Adonis en sa qualité de Reine des enfers, Diane se fut permis de dîner encore sur ses plaisirs comme habitante des bois ; chose qui lui aurait été d'autant plus facile que, durant les nuits, elle avait à ses ordres l'astre lumineux si propice aux tendres faiblesses. Ayant une fois Endymion pour amant, chacun étant occupé à ses propres affaires, l'ordre devait se rétablir et toutes craintes cesser. Vénus était logicienne, ou je ne m'y connais pas ?

(10)   *Pour la première fois elle versa des larmes.....*
Larmes d'amour s'entend. Car on n'ignore pas que le réceptacle lacrymal s'ouvre à volonté chez les dames ; soit pour exprimer la colère, le dépit, la jalousie, la douleur vraie ou fausse et autres petites passions qu'elles jouent ou laissent paraître.

(11) Comme la Déesse parle de plaisirs qui ne durent pas toujours (ce qui sans doute est fort désagréable !) Il n'est pas étonnant que quoiqu'immortelle elle traite la beauté de *passagère*. Elle semble entraînée ici par des sentimens tout terrestres, ce qui rend l'incohérence de ses idées extrêmement naturelle. D'ailleurs en amour on ne sait trop souvent ce que l'on dit et plus rarement encore ce que l'on fait.

(12) Malgré les apparences, la bonne dame ne laisse pas de reculer sa chute par une vigoureuse résistance. On voit qu'elle sent où le bât la blesse, mais elle tient aussi ferme que si elle ignorait qu'il faut en venir là.

(13) En dépit du soin que l'on prend de fermer l'enceinte sacrée, je doute que dans les dispositions où se trouve maintenant la princesse, un bel indiscret eut été l'objet de sa colère. Après cela niez les jours malencontreux.

(14) Il est bien à présumer que, dans le nombre des Nymphes, quelques-unes n'en étaient plus au premier pas, mais comme une telle révélation pourrait jeter du louche sur la conduite des Vestales qui s'en étaient tenu aux termes de l'ordonnance, notre Auteur les range toutes dans la même catégorie de sagesse.

(15) Nous sommes quelquefois transportés en rêve dans des lieux que nous ne connaissons pas, de même l'imagination, d'une femme surtout, peut lui créer le fantôme qu'appellent ses désirs et qu'elle proportionne à ses goûts.

(*) A la fin de ce chant, au lieu de
Parcourre *le chemin qui me restait encor,*
LISEZ :
Sillonne le chemin qui me restait encor.

Notes du Chant Deuxième.

---

(1) Ce sommeil est préférable au réveil le plus agréable possible, en ce que Diane rêvait sans doute alors le beau idéal des formes uni à la vigueur surnaturelle d'un être créé exprès pour satisfaire les goûts exigeans d'une Déesse ; ce qu'il est difficile de rencontrer ici bas, à ce que disent nos dames, qui sans être divines ne se contentent pas de peu.

(2) Il en est des Déesses comme des mortelles ; ce qui paraît le jour effaroucher leurs chastes regards, n'a rien d'effrayant quand la nuit étend ses voiles sombres.

(3) On remarquera ici de quel prix sont les liens de famille. Est-il rien de plus édifiant que cette confidence d'une sœur à son frère ? Nul détour, nul embarras ; on voit que le cœur qui parle est sûr d'être entendu de celui auquel il adresse sa prière. Ce sont des Dieux. Mortels quelle leçon !

(4) On reprochera peut être à notre Auteur la licence qu'il prend d'instruire le public de la naissance équivoque d'Anaïs. Mais si l'on veut bien considérer que nombre de grands hommes ont eu le même malheur. Que d'un autre côté les Dieux fréquentaient souvent les bergères *(in illo tempore.)* Sa faute sera sinon pardonnable au moins atténuée.

> Vous leur faites, seigneur,
> En les croquant beaucoup d'honneur.

LA FONTAINE. *Fable.*

3

(5) Il faudrait avouer que Diane ne serait pas femme si elle ne connaissait pas le prix de la louange, but unique (je veux le croire) où conduise la coquetterie. Faute de miroir, la Déesse, comme nos bergères, consultait l'onde pure d'un ruisseau et n'en était pas moins belle.

(6) Quand notre Auteur dit que l'on n'offre à l'Amour ni or ni choses précieuses, mais bien un cœur aimant, mille fois plus précieux encore, ce n'est pas qu'il ne soit convaincu qu'il en arrive autrement quelquefois. Aussi déclare-t-il ici avec orgueil que cet Amour n'a nul rapport avec le sien, et qu'il le considère au contraire comme un être dégradé, enfant clandestin du vice et de la misère.

(7) Les personnes qui ont véritablement aimé apprécieront la force et la justesse de ce vers.

Notes du Chant Troisième.

---

(1) Céleste, est dit ici métaphoriquement, l'Auteur sait que cette fleur est terrestre du genre des sensitives.

(2) Notre Auteur pense, avec juste raison, que des groupes d'amans, dispersés çà et là dans les bocages, célébrant les mystères du grand Dieu, ne doivent pas être immobiles. Des statues de marbre auprès du Temple de l'Amour seraient un contresens moral.

(3) Susurremens, de *susurrus*, bruit sourd longuement prolongé, quelquefois entrecoupé de soupirs. Après Ovide, Tibulle et Catulle, il a été employé par la Fontaine et quelques érotiques.

(4) Ce n'est sans doute pas la faute de M. Campenon si ses vers ne plaisent pas à l'Auteur, mais bien plutôt celle de son poëme Israëlite, qui leur prête l'aridité des sables de Syrie, la rudesse des rocs du Liban et la grâce soporifique de l'éternelle famille de Jacob. Ce qu'il y a de certain c'est que, sans l'avoir jamais vu, il s'est cloué dans la tête qu'il devait être juif et par conséquent plus propre au commerce *du Temple* qu'à celui des Muses.

> Cependant il est, ou n'est rien
> Puisqu'il est Académicien.

Parodié de Piron.

(5) Ah! passez-moi le verbe *harmoniser*, ce sera mon premier et dernier néologisme. Pour parler de l'inimitable Delille je ne trouvais pas de mot qui pût peindre ma pensée ;

je l'ai invoqué, aussitôt celui-ci me fut inspiré : grâce, grâce pour lui.

(6) Lorsque notre Auteur écrivit ce petit poëme, le talent de M. Casimir Delavigne, ne lui était pas encore connu. Mais comme cet ouvrage, conservé en portefeuille depuis 1815, n'avait point encore reçu la dernière main, l'Auteur n'a pas cru pouvoir le livrer à l'impression sans rendre un juste hommage à un Poëte célèbre qui, de son vivant même, est déjà du domaine de la postérité. Ses tragédies, sa comédie de *l'Ecole des Vieillards*, lui ont mérité une place honorable près de nos grands maîtres, et ses *Messeniennes* l'élèvent au moins à la hauteur du Pindarique Rousseau.

(7) Le serment fait par les eaux du Styx était irrévocable chez les Dieux ; je ne puis affirmer, si lorsqu'il était prononcé en rêve, il avait la même force ; aucun savant n'ayant encore décidé cette question. Dans cette circonstance, au moins, ainsi que nous le verrons plus tard, Diane l'a considéré commé réel et n'en a point appelé. C'est une forte présomption.....

(8) Cette harangue du Dieu de la galanterie ne pouvait être que galante ; aussi notre Auteur a-t-il essayé de placer, dans sa bouche, les formules les plus flatteuses et les plus recherchées.

Ne faites point parler vos acteurs au hasard.
BOILEAU. *Art. Poët.*

Notes du Chant Quatrième.

(1) Délos, l'une des Cyclades, dans la mer Egée, était une île flottante que Jupiter fixa lorsque Latone poursuivie par Junon y accoucha d'Apollon et de Diane.

(2) Naxos, également dans la mer Egée, est célèbre par le désespoir d'Ariane, fille de Minos, que Thésée y abandonna sur un rocher, et par les consolations que lui prodigua le divin Bacchus à son retour de l'Inde. Cette allégorie semble nous instruire que cette belle noya dans le vin les chagrins de l'amour. Cela s'est vu très-souvent depuis.

(3) Amathonte, ville de l'île de Chypre, dans laquelle Vénus et Adonis avaient chacun un Temple ; on prétend que les prêtres d'Adonis et les prêtresses de Vénus avaient de fréquentes relations ensemble, sans doute pour les besoins du culte. O la calomnie !

(4) Paphos, ville de l'île de Chypre, dans laquelle Vénus avait un temple magnifique.

(5) Idalion, ville de l'île de Chypre, au pied d'une montagne, appelée Idalus ou Idalie, consacrée à Vénus. Elle tire son nom de deux mots grecs qui signifient, j'ai vu le soleil.

(6) Ionie, province de l'Asie mineure, célèbre par le temple d'Ephèse.

(7) Ephèse, ville de l'Ionie, fameuse à cause d'un temple

de Diane, brûlé par un insensé qui, n'ayant pu trouver le moyen de se faire un nom, s'imagina de parvenir ainsi à l'immortalité. Combien de conquérans nommés grands hommes, ont pris plus cruellement d'autres chemins pour arriver au même but qu'Erostrate!

(8) La Carie, province de l'Asie mineure, célèbre par les métamorphoses qui s'y opérèrent, et appelée ainsi de Carius fils de Jupiter, auquel on attribue l'invention de la musique.

(9) Endymion, quoique simple berger, était cependant petit-fils de Jupiter qui, comme on le sait, ne se piquait pas de fierté près des belles. La pudique, la jalouse, la vindicative Junon, malgré ses clameurs éternelles, n'était guère plus sage que Monsieur son cher époux (qui du moins la laissait tranquillement faire ses fredaines), ne trouva pas au-dessous d'elle de se livrer à l'éducation de ce rejeton de l'Olympe; mais elle eut la maladresse de se laisser surprendre *in flagrante delicto*. Ce qui valut au pauvre diable trente ans de sommeil en punition de son péché. Un homme de vingt ans qui en a dormi trente sans vieillir, vaut absolument du neuf; ce qu'ayant considéré, Diane la prude, elle en fit son amant, mais n'osant l'avouer publiquement elle quittait le Ciel toutes les nuits pour le visiter.

Ces prudes là nous en font bien accroire.

LA FONTAINE. — *Contes. Belphégor.*

Epyménide prétend qu'elle en eut plusieurs enfans. Cet Epyménide, d'après ce fait, était un bavard curieux qui se fourrant dans les affaires de ménage et de galanterie, dût peut-être à ses indiscrétions les 27 ans de sommeil qu'on lui attribue pour être entré dans une caverne, ou les 50, selon Plutarque, ou les 57, selon Diogène-Laërce.

Le fait est que, sortant d'un profond somme après 57 années, on ne doit pas être étonné qu'il ne reconnut aucun de ses contemporains. Le songe creux de Pythagore pour appuyer son système de la métempsycose prétend avoir été jadis ce même Epyménide.

Plutarque et Valère-Maxime, qui lui attribuent des choses merveilleuses, rêvant à leur tour, finissent par le confondre avec Endymion. Ainsi Pythagore et Epyménide auraient été Endymion ; remontant jusqu'au déluge, je suis tout prêt à croire que Deucalion est le premier anneau de cette succession merveilleuse d'êtres privilégiés.

Un chef-de-bataillon, mort à Caen en 1815, assurait avec la meilleure foi du monde, que mettant le pied pour la première fois dans une île du Golfe Adriatique, il y reconnut une fontaine qu'il avait vue jadis lorsqu'il servait sous les ordres d'Octavius-Cœsar.

(10) Si cet ouvrage était sérieux on pourrait accuser notre Auteur de matérialisme. Mais tout ce poëme ne roulant que sur des fictions, et l'Amour en étant le ressort et l'acteur principal, il n'est pas étonnant que l'Auteur le termine par un trait qui est le propre de cette passion, dont l'exagération soutient seule l'existence. D'ailleurs l'Amour étant tout positif dans ses plaisirs, placer l'éternité de sa durée dans le court espace de la vie humaine, ce n'est pas trop se hasarder.

FIN DES NOTES.

Incessamment sous presse par voie de souscription:

L'ESQUISSE

DES MOEURS DES HABITANS DU BÉARN,

PRODUCTIONS DE CE PAYS ET REMARQUES PHILOSOPHIQUES
GÉNÉRALES.

Cet ouvrage, en 1 *fort volume in-octavo*, sera de
5 fr. pour chaque souscripteur, et 6 fr. pour les non
souscripteurs.

On souscrit chez M. VIGNANCOUR, *à Pau;*
Et chez l'Auteur, à Navarrenx.

Prix de la DIANEÏDE, 1 fr. 50 c.

www.ingramcontent.com/pod-product-compliance
Lightning Source LLC
Chambersburg PA
CBHW061705180626
46818CB00003B/1273